환대의 식탁에서

환대의 식탁에서

초판 1쇄 인쇄 2023년 5월 25일
초판 1쇄 발행 2023년 6월 1일

지은이 김영
펴낸이 정해종

펴낸곳 ㈜파람북
출판등록 2018년 4월 30일 제2018 – 000126호
주소 서울특별시 마포구 토정로 222 한국출판콘텐츠센터 303호
전자우편 info@parambook.co.kr **인스타그램** @param.book
페이스북 www.facebook.com/parambook/ **네이버 포스트** m.post.naver.com/parambook
대표전화 (편집) 02 – 2038 – 2633 (마케팅) 070 – 4353 – 0561

ISBN 979-11-92964-33-1   03810
책값은 뒤표지에 있습니다.

※ 에체는 (주)파람북의 종교와 영성 전문 브랜드입니다.

● Ecce Poetry · Kim Young

김영 시집

환대의 식탁에서

에체

영혼의 찬양, 심장의 노래

김경호(강남향린교회 담임목사)

야훼 하나님과 이스라엘의 역사는 "내 백성이 부르짖는 소리를 들었다"는 하나님의 응답으로 시작되었다. 여기 실린 김영 목사의 신앙고백들, 신앙인의 심장에서 우러나오는 담백하고도 잔잔한 기도들은 아직 목소리를 찾지 못한 이 땅의 여성들의 부르짖음이요, 사회적 아픔을 가슴에 묻고 살아가는 한반도 민중의 메아리다.

한반도에 공안 통치와 서슬 퍼런 국가보안법의 칼이 허공을 가르던, 침묵과 복종, 강요된 적대감만이 용인되던 시대에 미국에서 안정된 목회를 하던 김영은 미국 감리교회 담임목사였고, 남편 홍근수는 보스턴 한인장로교회 담임목사였다. 부부는 조국의 부르심에 한달음에 달려왔다. 당시 홍근수 목사의 외침과 사자후는 오랜 반공교육으로 감겨있던 눈들을 번쩍 뜨게 만들었는데, 그 결과는 국가보안법 위반의 감옥살이였다.

김영 목사도 평생 보장된 목회를 박차고 이 요지경 속에 뛰어들었다. 김영 목사는 남성 위주의 가부장 문화

권에서 숨죽여 살아가는 여성들의 인권을 주목했다. 그는 여성교회를 창립하고 여성들이 자기 목소리를 찾도록 도왔다. 한국 사회가 반공이라는 바위로 그 출구를 틀어막고 있듯이 여성들에게는 가부장제라는 더 오랜 세월 굳어진 바위에 가로막혀 있었다. 김영 목사는 여성들의 호소를 들어주고 그들의 인권을 위해 같이 기도했다. 스토리텔링(storytelling)의 상담기법과 연극치료 등 다양한 방법으로 수많은 여성들이 자기 목소리를 찾게 도왔다. 시대를 가르는 역할을 감당했던 두 부부의 목회는 그렇게 닮아 있었다.

김영 목사는 홍근수 목사가 은퇴한 후 미국으로 돌아갔으나 남편의 투병 생활을 함께하기 위해 다시 한국으로 왔고, 오랜 투병의 시간은 김영 목사를 꽁꽁 묶어 시인이 되게 했다. 원래 홍근수 목사가 예언의 쇠망치로 듣는 이들의 심장을 두방망이질 치게 했다면, 김영 목사는 풍부한 감성과 시적 언어로 놀란 가슴을 다독여 주곤 했다. 이제 그 깊은 신앙고백들이 노래로 살아났다. 소용돌이치는 한국 사회 복판에서 담담하고 정제된 시적 언어로 고백된 노래들은 이 시대를 살아가는 신앙인의 영혼의 찬양, 심장의 노래들이다.

환대의 식탁에서 마고의 춤을 출 수 있기를

여류(如流) 이병철(시인, 생명운동가)

세상에는 눈물이 글썽한 데도 소리 내어 울지 못하거나 가슴에 사연이 겹겹이 쌓여있는데도 말하지 못하는 이들이 많다. 김영 목사는 생을 가로막는 벽을 깨면서 물꼬를 터 여성들이 자신의 이야기를 쏟아내게 하는 일에 헌신해왔다. 그 일이 하나님을 섬기며 이웃을 사랑하는 목회자의 길이고 사람의 길임을 믿어왔기 때문이다. 그런 김영 목사를 우리는 '영 언니'라고 부른다.

여기 시집 『환대의 식탁에서』, 『마고의 춤』에 실린 시들은 '영 언니'가 이제 팔순의 길에서 지난 여정들을 돌아보며 관조와 감사로 부른 노래이자 이야기이고 속삭임이다. 그 노래들이 봄비처럼 우리의 가슴에 스며드는 것은 팔순의 삶이 전하는 담담함과 진솔함 때문이라 싶다.

'마고(麻姑)'는 세상을 빚고 뭇 생명을 낳고 기르시는 창조와 모성의 여신이다. 그 '마고'의 품과 사랑을 닮아가는 것이 이제 '영 언니'의 마지막 남은 꿈이지 싶다. 그

꿈에 우리의 꿈도 보탠다. 여기 우리의 '영 언니'가 초대하는 이 '환대의 식탁에서' 감사를 나누며 손잡고 '마고의 춤'을 출 수 있기를 함께 마음 모은다. 감사와 사랑과 축하를 보내며,

여든 고개를 넘어 꿈꾸는 새로운 길

박래군(4 · 16재단 상임이사)

시인은 80세를 넘은 노년에도 '길을 보면 걷고' 싶다. 그의 길은 때로는 외로움이고, 때로는 그리움이고, 때로는 두려움이고, 때로는 즐거움이었지만, 이젠 지칠 만도 한데 그는 여전히 새길을 걷고 싶다. 한국과 미국을 넘나드는 그 길 위에서 토해내는 그의 시편들의 중심적인 서정은 그리움이다. 그리움이 시가 되고, 설교가 되고, 잠언으로 나오기도 한다.

하지만 그의 기도가 말로만 하는 기도가 아니듯이 그의 시편들은 때로는 말로, 때로는 노래로, 때로는 춤으로 외로움, 그리움, 두려움, 즐거움을 표현한다. 말이 미치지 못할 때는 말로 다 못하는 노래로, 춤으로 기도공동체를 만들어간다. 그래서 시의 형식을 빌렸지만, 그의 시는 실은 노래이고 춤일 것이다. 시편들을 읽어가다 보면 꾸밈없는 솔직함 속에서도 그가 걸어온 80년 인생길이 순탄치만은 않았음을 알게 된다. 오늘의 순수한 독백들은 어쩌면 혹독한 시련의 시절을 이겨낸 결과

일 터인데, 여전히 소녀 같은 순수한 감성을 유지한다는 게 신기하기만 하다.

서시

사랑할 일만
남아있다!

나
혼자만
사랑해도 된다

차례

2장 이야기는 밥이다

● 3장 들꽃 시편

4장 이리로 오소서

1장

당신이 거기 계셨기에

마음의 정원

사람마다
마음의 정원 하나씩 가졌네
하늘로부터 분양 받은
이 귀한 은총의 선물
얼마나 잘 가꾸냐는
각자의 몫이다

오늘 아침
내 정원을 둘러본다
아! 첫눈에 띄는 것은 아름다운
모닝글로리가 아니다
일찍이 보지 못했던
이상한 잡초들이 무성하다

어디서 온 것들일까?
애들이 왜 여기 있지?
이렇게 무성해지도록 내가
왜 못 봤을까? 충격이다!

내 마음의 정원에서 자라고 있는
잡초들의 이름을 나는 알고 있다
미움, 편견, 비난, 교만, 후회, 질투…

이 잡초들 때문에 아름다운 꽃들이
피어나지 못했구나!
내가 키우려던 꽃들은 계절 따라 아름답게
피어나서 사람들에게 웃음과 행복을 안겨주는
그런 꽃들이 아니었던가?

그 아름다운 꽃들의 이름을 나는 알고 있다.
생명, 돌봄, 사랑, 희생, 겸손, 나눔, 배려, 자유,
화해, 이해, 양보, 사과, 희망, 꿈, 평화…

씨앗은 이미 뿌려져 있다
잘 가꾸는 일이 내 몫이다
인생의 다양한 향기를 풍기는 꽃들이 만발한
내 마음의 정원을 꿈꾼다

암탉이 알 낳듯이

암탉 한 마리
온종일 꾸꾸거리며
바삐 마당을 돌아다니는 건
동그랗게 신비한 알 하나
이 세상에
내놓기 위해서였죠

나의 소박한 꿈도
하루에 한 개만이라도
그런 알을 낳는 것이라오

하루 스물네 시간
내 기도의 응답으로
알 한 개 낳을 수 있다면
누군가를 먹일 수 있다면
난 더 바랄 것이 없어요

뻥 뚫린 내 가슴

가을 하늘처럼
뻥 뚫린 내 가슴

채우려 말고
그대로 있어라

채울수록 근심이다

당신이 거기 계셨기에

감사한 마음 주신 것
가장 큰 감사입니다

이렇게 살아남은 것도 감사하고
모진 비바람 속에 쓰러졌던 그날도
감사합니다
그날 나는 일어서는 것을
배울 수 있었습니다

내가 일어서서 눈을 들었을 때는
다른 길이 보였습니다
그 '다른 길' 있어
나는 여기까지
올 수 있었습니다

내가 온전히 걸어갈 때나
절뚝거릴 때나
엎어질 때나

하늘이 안 보일 때도
당신은 거기 계셨음을
이제 압니다

이날도 또 한 해도
꽃길만 바라지 않고
험난한 기후 속에서도
당신의 지팡이가 항상
내 곁에 있다는 것만
기억하게 해주시기를
바랄 뿐입니다

땅의 신비

겸손하고 위대한 땅
긴 겨울잠을 자도록
품어준 뭇 생명들
이제는
세상 밖으로
밀어 올려주는
그 신비한 사랑의 힘은
어디서 생기는 것일까?

징그러운 것들조차
다 품어준
그 가슴에서
저렇게 맑은 생수가 나옴은
어찌 된 일일까?

땅이 한 번
숨 내쉬면
그 입김에

죽은 듯 잠자던 만물들이
한꺼번에
기를 펴고 올라온다
그때 비로소
인간은
봄을 느낀다
봄을 깨닫는다
봄은 신비의 계절
이 신비를 보는 것이 '봄'인가?

신비한 것은
깨달을수록
더욱 신비해진다

인생은 언제나 미완성

인생은
내일 계획도 있고
모레 계획도 있다

다음 달 행사도 있고
내년의 가슴 부푼 여행 계획도 있다

하지만 누가 알까
화려하고 빼곡하게 달력에 적어 놓고
날마다 독특한 색깔로 강조된
기쁨, 아픔, 사랑, 고난… 가득히 담긴 달력을
그대로 나의 방 벽에 걸어둔 채
다시 돌아오지 못할 그 길을
기약 없이 떠나버리는 것이 인생인 것을

중요한 약속을 못 지키고
미안하다는 말을 할 기회도 없이
사랑한다는 말도 미처 못하고

용서해 달라 말했지만
아직 용서도 못 받고
'안녕'을 빌며 작별인사를
해야 할 때가 온 줄도 모르고
떠나야 하는 것이
인생 여정의 끝인 것을

하지만
내일 일을 모르고 산다는 것
얼마나 인간다운가
이 신비야말로
인생에 가장 큰 도전이요 선물이 아닐까

눈이 내린다

눈이 내린다
하늘에서
자비가 내린다

땅에서 솟구친
인간의 감정들이
하늘의 자비를 만나
곱게 곱게
나부끼며 내려온다

자비는 나의 일용할 양식
날마다 자비 먹고
자비 베풀자
눈 내리듯 사뿐히
때로는 펑펑
아낌없이 베풀자

눈에 티끌을 지닌 사람도

대들보를 지닌 사람도
하늘에서 내려오는
자비는 보인다

우리 모두에게
마지막까지 필요한 것은
자비뿐이라
하늘과 땅은
벌써부터 그것을 알고 있지

눈이 내린다
하늘에서 자비가 내린다
눈을 맞는다
땅에서 자비를 맞는다

비움 1

채우려고 비우지 마라!
그건 진정한 비움이 아니지
여생 동안 비우고 살지 않으려면
비웠다고 말하지 말아야지

채우려고 비운다면
비우지 못하는 사람보다
무엇이 나은가?
욕심의 면적만 넓히는 거지

비움 2

마음을 비운다는 것은
생각을 비우는 것

생각을 비우는 것은
말을 비우는 것

말을 비운다는 것은
텅 빈 가슴에
등불 하나 밝히는 것

당신은 누구십니까?

멀고도 가까운 당신
내 손 닿을 수 없어도
내 마음 닿을 수 있고

크고도 작은 당신
구름과 노시는 당신은
누구십니까?

높고도 낮은 당신은
땅에 누워 짓밟히는
잔디의 목소리에도
귀 기울이시고
창공 높이 나는 새들의 날개를
받쳐 주시는
당신은 누구십니까?

낮에는 해를
밤에는 달과 별을 품으시고

나같이 하찮은 존재도
당신 품에 안길 수 있는
당신은 누구십니까?

성경과 신문

오늘도 해는
그의 빛으로 환하게
아침을 여는데
우리 백성들은
어두운 마음으로
하루를 연다

기도하는 마음으로
성경을 펴고
같은 기도로
신문을 편다

눈 뜬 사람이라면
단순히 '까만 것은 글씨요,
흰 것은 종이'가 아닌
엄청난 사건 앞에
그리고 진리 앞에
마주 서 있음을 볼 것이다

신문은 입을 열어 고발하고
성경은 귀를 열어
모든 고발을 듣고 나서
입이 삐뚤어져
말을 바로 못하는 신문에게
오늘 아침 성경은
한마디 말씀을 던졌다
"사람이 법을 위해
사는 것이 아니고
법이 사람을 위해 민족을 위해
존재하는 것이다"

법을 만든 사람, 걸려든 사람,
해석하는 사람, 보도하는 사람,
이 모두를 지켜보는 이가 있다

우정은 영원히

우정은
나를 자유롭게 하며
나의 길을 비춰주네
나를
속박하지 아니하며
누구 되라고
강요하지 아니하네

우정은
나를 받아주고
친구가 되어주며
판단하지 아니하네
타국의 친구들이
나를 알고
나를 키워주었네

우정은 언제나
간직하고 싶은 것

울고 웃던 시절도
쓰고 달던 시절도
우정의 나눔 있는 곳에
은총의 꽃 피고 지고
그 향기 영원히
가실 줄 몰라라

인생이 바뀌고
세월이 바뀌어도
그 따듯하고 순수한
우정은
영원히 기억되리

침묵을 깨야 할 때

침묵!
그것은 아픈 사람을
더 아프게 하고
슬픈 사람을
더 슬프게 하며
눌린 사람을
더 짓누릅니다

침묵은
무엇인가를
소리 없이 파괴합니다
생명을 서서히 앗아갑니다
침묵 속에서는
정의가 질식하고
사랑은 불구가 됩니다

이런 것을 보고도
말하지 않으면

오히려 돌들이
소리칠 것이므로
예수의 살을 먹고
피를 마신 사람은
같은 입으로 예수의 생각을
말해야 합니다

우리가 함께 빵을 쪼갬은
함께 침묵을 깨기 위한 것입니다
침묵이 깨어질 때
갈라졌던 것들은
다시 하나 되고
사랑이 온전한 모습을 보이며
정의가 일어서고
평화의 강이 흐릅니다

차라리 침묵할 때

사랑으로 말하지 못할 때는
차라리 침묵하게 하소서

내 말이
진실을 가리울 때는
차라리 침묵하게 하소서

내 말이
정의 편에 서지 못할 바에는
차라리 침묵하게 하소서

내 말이
상처를 아물게 하지 못하고
눌린 사람 일어나게 하지 못할 때는
차라리 침묵하게 하소서

내가
기도처럼 말하지 못할 때는

차라리 침묵하게 하소서

슬픔의 얼굴

슬픔이 우리를
아프게 하거든
더 이상 품고 다니지 말자
낳아버리자

눈물과 함께 낳아서
그 슬픔의 얼굴을 보자
슬픔은 아름다운 것
그 얼굴 속에
위로의 복이 담겼네

우리는 '상처받은 위로자'가 될
운명이니
그것을 피해갈 수는 없으리…

슬픔의 샘가로

슬프디 슬퍼
깊어만 지는 샘
슬픔의 샘 밑바닥엔
치유의 눈물 고이누나

슬픔이 있는 사람
슬픔의 샘가로 오시오
슬프디 슬퍼 깨끗해진 눈물로
당신의 상처 씻겨주고
하늘에 널려 있는 하얀 구름
한 자락 걷어
당신 얼굴 닦아 주리

슬프디 슬퍼
깊어만 지는 샘가로
당신이 오면
내 고인 눈물 또 퍼내리다

김치 먹고 슬픔 먹고

당신도 나도
각자의 슬픈 이야기를
가지고 사네

서로 미워하는 자리에도
서로 사랑하는 자리에도
슬픔은 끼어든다네

슬픔은 함께 나눠야 할
모두의 것
자기가 담근 묵은지를
이웃끼리 나눠 먹듯
'한'도 지지고 볶고
서로 없애주자

대대손손
맵고 시고 깊은 맛 나는 김치를

즐겨 먹은 우리

'한'도 그런 맛 나는
유산이거늘
되씹어 보면
우리의 '한' 속에
얼과 향수와 분노가
함께 곰삭아
우리만 헤아리는
그 깊은 맛
깊은 아픔!

김치 먹고, 슬픔 먹고
한풀이하세
'한'의 노래 부르며
'한'껏 춤을 추세
춤추며 우리는
'한'의 언덕 저 너머로 가네

좋은 것을 깨는 여자

"좋은 게 좋다"
이 말이 나를 얼마나 억압했던가!
그 '좋은 게'
내게는 그렇게도 나쁠 수가

무조건 순종하고
의미 없이 침묵하는 것을
나의 영혼은 견디지 못했다

언어의 소중함을 아는 사람만이
침묵할 자격이 있는 것이 아닌가
여성이 침묵을 강요당하는 시대를
살아온 나는

하나님께
다만 나를 침묵의 동물 아닌
말하는 도구로 써주십사
기도했던 것인데…

나를 강단에 세우시고
이 침묵했던 입으로
진리를 선포하게 하셨으니
이제는 침묵을 깨자

'좋은 것'을 깨면
더 좋은 것이 나온다
'침묵은 금이라'니
그것도 깨고,

어떤 여자는
값비싼 옥합도 깨버렸다
나는 무엇을 더 깨라고
부르시는가?

−

자서전 『좋은 것을 깨는 여자』의 서시

연탄구멍 살리기

'민중'이 바로 자기 자신이었음을
모르고 살던 시대
여성신학이란 말도
못 들어본 암흑시대
그때를 살았던
한 여자는 날마다
셋방살이하는 아궁이 앞에서
불 꺼진 연탄구멍을 살리기 위해
기도하는 심정으로 살았다

마치도
빛과 어둠의 세계를
연탄구멍을 통해서 보기나 하듯이
죽음과 삶도
거기 달렸듯이
하루의 안고 서는 일
들고나는 일을 모두
연탄불에 맞춰서 살던 시절

고개 한 번 번쩍 쳐들고
저 더 큰 빛과 어둠에 도전하며
걸어볼 엄두도 못 내고 매 순간
영세민적 계산에 골몰하며
그렇게도 좋아하는 콩나물도
한 번 실컷 못 사 먹고
삶의 문제들을 결정해야 했다

그런 여자의 기도를
하나님은 듣고 계셨음을
연탄불과 함께 다 태워버린
자신의 모습을 보고 그녀는
깨닫게 되었다

연탄재를 살린다는 것은
마른 뼈를 살리는 것과 같아서
하나님만이 생각하실 수 있는
일이었으니까

애타는 엄마

장사 보따리 대신
자기 아기를 업고
다니는 엄마는
얼마나 행복한가!

밍크 강아지나 곰 대신
자기 아기를 안고
다니는 엄마는
얼마나 행복한가!

아기와 놀아줄 시간
먹여 줄 시간
재워줄 시간이 없는
엄마는 안타까워
애간장이 다 녹는다

장사 보따리 내려놓고
아기를 업어줄 수만 있다면

아기를 안아줄 수만 있다면
엄마는 더 이상
바랄 것이 없으리

인생의 무거운 보따리들
이고 지고 가야 하는 엄마는
주님께 아이들을 맡겼네
그 사정 아는 이는 주님뿐이라!

–

1970년대 중반, 남편 유학 시절,

어린아이 셋을 양육할 때 내 직업은 셋이었다.

독수리 같은 모성으로

삼 년 하고도 백날,
고달픈 세월을
직업 셋과 아이들 셋,
지지고 볶으며
눈물 나게
멍청하게 보내는 동안
남편은 미국에서 공부 많이 하여
박사가 되었고
나는 생존을 위해
독수리 같은 모성을
아낌없이 발휘하며 살았다

내게
무엇이 오려는지
생각해 볼 겨를도,
걱정할 여유도 없이
하루하루 살아내는 것이
나의 업이었다

"내일 일은 걱정하지 말아라
하루의 괴로움은 그날에 족하다"라는
예수의 가르침이 이제야 실감난다.
오늘 걱정도 다 못할 형편,
내일 걱정까지 하는 사람은
그래도 여유롭다

우리에게 맡기신 귀한 생명
아이들 셋을 잘 돌보는 것이
나의 지상 목표였음에도
일하느라 돌볼 시간 없이 살았다
내게 맡기신 어린아이들을
키워주신 분은 실로
하나님이시다

●

2장

●

이야기는 밥이다

너와 나의 이야기

나는
너의 이야기를 듣고 싶어
그 이야기를 살아온 너를
사랑함이라

나를 슬프게도 하고
분노케도 하며
때로는 놀라게도 하고
가끔은 행복하게 해주는
너의 이야기들은
무딘 귀와 가슴의
할례(열림) 없이는
들을 수 없는
성스러움이 깔려있다

나는
너의 이야기들과 더불어 산다
너의 이야기는 나의 현실

내가 도피할 수 없고
현실은 나의 포옹을 기다린다

우리가 이렇게
이야기로 만나는 것은
운명이요 인연이며 축복이다

만남은 관심의 시작이며
만남 후에 기도가 있고
그 기도 있어 우리가 자라니
너와 나 함께
완전한 분을 닮아가자

너와 나
이야기 속에서 자랄 때
우리들의 이야기도
더불어 성숙해진다네

이야기는 밥이다

'이야기'는 밥이다
이야기 없이는
하루도 못 살아

이야기는 밥처럼
매일 씹어 먹어야 한다
씹고 삼키고
소화시키며 살아야 하는 것

이야기 속에
피와 살이 되는
양분이 있고
이야기 속에
얼이 있다

이야기는
나와 우리가
하나라고 말한다

우리 이야기를
한솥밥처럼 나눌 때
한식구가 된다
서로의 이야기를
못 삭히는 사람은
식구가 아니다

이야기 없는 날은
굶은 날
이야기는 민중의 밥
밥 굶고는 못 살아
이야기 않고는
못 살아
이야기 못하게 하는 것은
남의 밥그릇
가로채는 죄다
남의 밥 가로채지 말고
남의 밥에

재 뿌리지 말 것이다

아! 이야기 굶어
배고픈 사람들
이 땅에 아직도 많은데
자, 어서들 오게나
우리 살아가는 이야기
함께 되씹어 보게
숟가락 젓가락 들고
두레상 앞에 모이세

이야기할 줄 모르는 사람은

'이야기'를 할 줄 모르는 사람은
아무것도 할 수 없지
그러니
무엇인가를 하기 위해서
'이야기'부터 시작하자구

'이야기'를 하지 않는 사람은
길이 보이지 않는 여행자 같아
어느 쪽으로도 움직일 수 없어
그러니
어디론가 가기 위해서
이야기부터 시작해 보자구

이야기는 하나님의 손

이야기는
하나님의 손
토막 난 세월을 이어주고
막힌 장벽을
허물며
갈라진 땅을
합치고

버려진 땅에
새 농사를 짓게 하며
고향 떠난 사람들을 불러 모으고
잃어버린 것들을
찾아준다

이야기는 하나님의 손
죽었던 사람도
살리는데
못할 일이 무엇이랴!

이야기는
인간의 염원을
저버리지 않으니
우리도 이야기를
포기하지 않으리
이야기는 하나님의 손!

이야기 하나 하기 위해

이야기 하나 하기 위해
발 저리도록
무릎 꿇는 기도와
실마리를 찾기 위한 서성임과
뜻을 몰라 안절부절
힘에 겨운 시간들을 보낸다

입을 떼기 위해
몇 번이나 입에
침 바르고
침 삼키고
가슴 조이며…
그래도
살 저미는 이야기는
안 나오는 것이
이야기인데

엉킨 실타래를 풀듯이

풀다가 또 엉키고
엉키다가 다시 풀리는
그런 이야기를
누가 쉽게 할 수 있나?

시간의 세 자매

이야기는
토막 난 세월을 이어준다

나의 이야기는
나를 위해 파티를 여는 주인처럼
나의 '과거'를 초대하고
나의 '현재'를 붙잡으며
나의 '미래'와 인사 나눈다

내 곁을 이미 떠난 자매
그녀의 이름은 '과거'
내게 아직 오지 않은 자매
그녀의 이름은 '미래'
그리고 지금 여기
내 곁에 있으나
무시당하는 나의 자매 '현재'를
이야기는 애정의 끈으로
함께 묶어준다

이야기만이 영원히 못 만날
시간의 세 자매를
한자리에 불러모을 수 있다
이 세 자매는
본래 남남이 아닌 것을
사람들이 떼어 놓았다
이제 우리가 이야기로
세 자매를 만나게 하고
화해시키자

내게 이야기만 있다면
세월이 흘러도
시간의 세 자매는
슬픈 이별 하지 않고
나의 이야기 속에서
함께 영원히
행복하게 살리라

이야기를 나눌 때

소중히 간직했던
자기 이야기를 나눌 때
가장 많이 자기를
주고 있음을 안다

정직하게 그리고
깊이 있게
자기 이야기를 할 때
순수한 자기가 되는 것을
경험한다

진솔하게
자기 이야기를 할 때
위선의 가면과
억압의 옷이
벗겨짐을 의식한다

세월 속에 찌든 마음도

살다가 맺힌 한도
이야기 속에 녹아서
함께 풀려나옴을 느낀다

상처 자국 밑에서
새 살이 돋아나듯

고통의 이야기 후에
자신이 변화되고
새 삶이 시작된다

치유의 열쇠

'이야기'는
치유의 열쇠를 지니고 다니다가
진실로 '듣는 이'를 만나면 그에게
치유의 열쇠를
넘겨준다

'듣는 이'는 치유자가 되어
'아픈 이'를 치유의 언덕으로
인도하며
그와 동행한다

치유자는
영의 눈으로
한 영혼의 아픔을 통찰하고
그의 귀로
치유의 바람 소리를 들으며
그 바람 따라
치유의 언덕을

함께 오른다

그 언덕 위에는
치유의 여신이
자신의 치마폭 속에서
생명과 평화의 기운을
바람처럼 날려주고 있다

그 바람 마시고
한껏 소리 낼 때
바로 그때
한의 응어리 풀리고
아픔은 안개 걷히듯
언덕 너머로 영원히
사라져 버린다

이야기와 사우나

이야기를 한다는 것은
진땀 빼는 정신노동이요
감정노동이다

이야기를 하고 나면
사우나 한 것처럼 시원하고
마음이 깔끔해지고
살도 엄청 빠진다

이야기는
사우나 속에서처럼
뜨겁고, 답답하고, 숨 막히는 시간을
흘려보내야 나온다
그리고 진땀으로 내놓은
이야기 후에야
냉탕에서 발 흔들 때처럼
상쾌하고 거뜬함을
경험하게 된다

이야기한 후에
살 빠지고 진 빠져도
살 기분이 더 난다

아픈 기억도 선물이라오

슬픈 일만 기억한다고
나무라지 마오
기억하고 잊는 것은
내 마음이 아니라오
창조의 신비를
난들 어찌 탓하리오

하지만
'기억' 없이 이야기 없고
'이야기' 없이
삶이 없으니
아픈 기억도 선물이라오
낫기만 하면 천국이라오

팔순의 봄

다 마른 줄 알았던
그 눈물이
다시 고이는 계절!

인생을
다 산 줄 알았는데
또 꿈을 꾸기
시작하는 계절!

사는 날까지
그 뜨거운 눈물
그 화려한 꿈
멎지 말아라!

높디높은 저 하늘
하얀 뭉게구름 속에서
내가 놀고 있네
너도 거기 있구나!

못 버리는 사람

결국 다 못 버리고
갈 사람
끝까지 다 나누고
갈 사람

좋게 봐 주면
철저히 알뜰한 사람
흉을 보자면
생각이 안 난다

친구들이 내가 못 버린다고
흉을 볼 때는 변명도 못하고
주눅이 들어도
나는 마음 쩡할 때까지
나누고 또 나누고
다 나누고 가야지

이제 어쩌겠나

세 살 버릇 여든까지 왔고
여든 버릇 죽을 때까지 간다
부지런히 나누는 것이
내가 가기 전에
전업으로 할 일이다

아무나 늙는 게 아니다

아무나 늙을 수 없다
늙을 기회가 주어져야
늙을 수 있다

늙어가며 사는 것도
복이고
그것을 아는 것이
행복이다

왜 자기 얼굴의 주름살을
그리도 미워하며
없애려고 하는가?

주름살만이
살아온 증거요 깊이인데…,
늙도록 살지 않았으면
주름살도
없었을 것을

일상은

별 것 아닌 듯하면서 특별하고
조용하면서 요란하고
매끄러우면서 굴곡이 많고
잔잔함 속에
폭풍의 먹구름이
맴돌고 있다

이런 나날을
어언 팔십 평생을 걸어왔으니
이젠 나도 고목처럼
말 없이 내 자리를 지키고 서서
나의 묵은 가지들로 하여금
지난날의 이야기를 하게 하고
새로 돋는 잎새들로 하여금
새 꿈을 펼치게 하고
아직도 맺어지는 열매들로 하여금
인생의 깊은 맛을
나누게 하리라

희망을 심자

9월은 나의 달!
79년 전 17일에 태어났으니
나도 팔순을 누리는구나!

9월에는
날마다 노래를 부르자!
'자가 격리' 중에도 노래를 부르자
아무도 들어주지 않을 것이다
슬픈 노래는 부르지 말자
그것이 내 영혼이 살길이다

9월에는
날마다 춤을 추자!
아무도 봐 주지 않을 것이다.
갈 곳 없다 말고,
오라는 곳 없다 말고
내 발로 온 우주를 밟고
지구를 돌며

새로운 존재로 거듭나보자!

9월에는
희망을 심자!
다가올 엄동설한을 걱정하고
앉아있기보다 밭에 나가
김장거리 무, 배추 심는
농부의 마음으로
희망을 심자!
그것이 내가 인생의 겨울을 준비하는
지혜의 길이다
그 겨울은
추위도 맛이 있으리!

거울 앞에서 1

인간은 거울을 가진 동물
다른 피조물들은
거울 없이도 아름다운데
자신들의 아름다움을
확인할 필요도 없이 사는데

인간은 왜
변하지도 않는 자신을
매일 거울에 비치면서
아름다워지기를 바라는가?

거울은
자신을 보게 해줄 뿐
이렇다 저렇다
말이 없다
다만 비춰줄 뿐

다음날 또

거울 앞에서 자기를 보고
그다음 날도 또 보고
세월이 가면 그제야
어느 날
문득 알아챈다

거울 앞에 섰던 만큼
아름다워진 것이 아니라
거울 앞에 서서 걱정한 만큼
흰 머리카락과
주름살이 생겼다는 것을

거울 앞에서 2

머리는 은빛으로
물들어도
고추처럼 빨갛게
익어가는 내 가슴

곱디고운
내 인생의 가을이여!

가을의 미

가을이
내 옷깃을
여미게 하는 것은

무성함 다 벗어 던지고
알몸으로 서 있는
나무들 때문이요

가을이
내 머리를
숙이게 하는 것은

아름답게 작별하고
떠나는 낙엽 때문이리라!

낙엽이 들려준 이야기

그 '낙엽'이 떠나던 날
아직 푸른 잎들에게
삶의 이야기를 들려주었다

긴 잠 자는 나무를 깨우며
움트던
봄날의 이야기

하늘 우러러 꿈도 가득히
무성하게 푸르던
여름날의 이야기

삶의 풍파 거치면서
찬란하게 물들었던
가을날의 이야기를
들려주었다

그러나

이제는
쉼의 계절을 위해
길을 떠나야 한다고…

푸른 잎들은
자기들을 싹 틔워 준
나무를 떠나
어디로 가는지
발자취를 남겨 달라 했다

낙엽은
자기 나무 밑에 떨어져
거름이 되는 것이
마지막 갈 길이라고 했다

푸른 잎들은
낙엽이 들려준 이야기를
되새기며 살아간다

땅에 떨어져 썩는
낙엽의 향기로운 체취가
흙냄새처럼
온 땅에 번지고
삶의 기운 되어
나무줄기 타고
스며 올라가면
봄은 또다시 온다

낙엽의 후예들은
푸르름이 단풍 될 때까지
낙엽이 들려준 이야기처럼
살다가
떨어지는
아름다움의 절정을 향해
미련 없이 그리고
죽어서 사는 신비를
사모하게 되었다

낙엽을 보내며

봄, 여름,
그리고 가을
나도 한 그루 나무처럼
내 자리 지키며 살아왔네
이제 가을을 맞아 잎들이
한창 아름답구나!

바람결에 날리는 고운 잎들이
나의 영혼처럼
세상을 향해
이 땅을 향해
운명처럼 날아간다
그리고 어디쯤에 내려앉는다

내 마음 불태워 준 너희
낙엽들아
안녕!

떠날 준비

가을은
그이가 떠난 계절
수많은 낙엽들이
모란공원 영령들을 위로하며
고이 덮어주는 이 밤

그래도 잠 못 이루고
떠날 준비를 은근히
서두르는 나에게
낙엽들이 속삭인다

"인생은 가을이 가장 아름답다"고
"너무 서두르지 말라"고
그렇지
낙엽이 떨어지고 싶다고
떨어질 수는 없지

팔순 동창 남산 나들이

65년 만에 만난
나의 중학교 짝꿍, 영지
고등학교 짝꿍, 난자
세 짝꿍이 함께
광화문에서 만나
2층 관광버스를 타고
남산에 올랐다

낙엽이 쌓이고
낙엽이 흩날리는 남산 언덕길
자연의 변화를 흠뻑 느끼며
자신들의 몸의 변화를 체감하면서
아장아장 걸어 올라가는
두 친구의 뒷모습에
셔터를 눌렀다
확실하게 두 번 눌렀다
찰칵, 찰칵, 인증샷!
우리가 어느덧 여기까지 왔구나!'

"저기요 실례지만
우리 셋, 사진 좀 찍어주세요
65년 만에 만난 친구예요"
사족을 붙여서 부탁했다
"어머 그럼 잘 찍어드려야지요"

마스크와 모자와 선글라스로 덮인
우리들의 얼굴
주름아 너는 어디 있느냐?

소녀 시절,
그 탱탱하게 귀엽던 얼굴들
오늘 만남으로 사라지는구나!
행복했던 추억 보따리를 안고
남산을 내려왔다
'죽기 전에 또 만날 수 있을지'
속으로만 생각하면서

팔순 이후에는

팔순 고개를 넘어서면
누가 내 옆에 가장 가까이 있는지 살피게 된다
누가 나의 불확실한 일상 속에서
동반자가 되고 있는가?
동반자에 따라서 삶이 달라질 수도 있다
어떤 경우는 '죽음'이라는 친구가
바싹 다가와 있을 수도 있고,
또는 일상 속에서 건강한 모습으로 자연스레
그 친구와 가까이 동반하게 된다

팔순의 정상에 서면
내려가야 할 '남은 길'이
얼마나 먼가에 관심이 깊어진다
그리고 그 '남은 거리'를 어떻게
무사히 잘 내려갈 것인가에도
염려하는 마음이 있다

내가 '얼마나 오래' 살 것인가?

내가 '어떻게' 살 것인가?
한몸에서 나오는 쌍둥이 질문이다
삶의 양과 질에 관한 질문이다

'나는 지금부터 어떻게 살 것인가?'
'얼마 동안 살게 될 것인가?'
이것은 어려운 수학이요 생명과학 문제이다
'어떻게 살 것인가?'는 나의 숙제요,
'얼마나 더 살 것인가?'는
하나님의 과제라고 믿는다
옛사람들도 인간의 목숨은
하늘에 달렸다고 하지 않았던가
누구도 자기가 이 세상에 오는 때와
가는 때를 모르고 산다
그 문제, 풀려고 씨름하지 말고
하루하루 살아있는 순간, 그 순간을 살자!!

이 답은 팔십 년간 인생살이에서 배운 것이다

나처럼 늦게 철이 드는 사람도 있다
바보라고 불러도 어쩔 수 없다
바보에게도 희망은 있다는 것,
살아볼 만한 인생이 아닌가?
날마다 사는 날까지
그분과 동행하는 것만이 확실하다
이제 하나님의 옷자락을 꼭 붙잡고
겁내지 않고 따라가면
'영원한 내 집'에 도착할 것이다

이제 아프면 그냥 가야지!

"대장검사 대상자입니다"
건강보험공단에서 보낸 통지서에 쓰인 글이다
'나의 대장에 문제가 있나?'
'그럴리가? 아무 증상도 없는데…' 하고 넘어갔다

"대장검사 대상자입니다"
한 달쯤 지나 다시 건강보험공단에서
똑같은 통지서가 왔다
특별히 첨가한 문구도 없었다
나 자신은 잊고 있었는데
세심히 챙겨주는 공단이 고맙기도 했다

여러 해 전 일이 생각이 난다
미국에 있을 때 내 나이 70대,
대장 내시경을 한 적이 있었다
그때 별일이 없었고
미국 의사는 나에게 기분 좋게 말했다
"이후로 당신은 대장내시경을

할 필요가 없습니다"라고
결정적인 선언을 해주었다
내 나이가 이유였다

그 말이 참으로 고맙고 안심이 되었다
나이 드는 게 좋을 때도 있구나 싶었다
그런데 한국에 와
매번 정기건강검진을 할 때마다
위내시경과 대장내시경을 하라고 한다
두 가지는 체력이 달려 감당 못하겠고
마취는 동반할 사람이 없어 못하고…
지난번에는 거부했다
그래서 통지가 오는 것인가?

병원에 대장검사 예약을 했다
병원에 전화로 무엇을 묻고
대답을 듣는다는 것은
고통의 과정임을 해 본 사람은 안다

다시 검사를 하는 것이 오히려 쉽다
한 달 전에 예약 한 날이 오늘이다

나는 지금 생각한다
'이제 아프면 가야지!'
병원비도 감당 못 할 것이고…

버티듯 사는 것은 내가 원하는 바가 아니다
이미 내 나이 팔십 대 초반,
그래도 세월은 짧게 느껴지지만
많이, 충분히 살았다는 느낌이다
언제 가도 좋다
어떻게 가느냐가 관건이다
잘살아온 것처럼 잘 가야지
그분이 끝까지 동행하시고
날 붙잡아 주시리라!

나는 살았다
– 내 영정사진 옆에 둘 시

참으로 열심히 살았다!
때로는 치열하게…
이 말에
가식도 부끄러움도
섞이지 않았다

그리고
충분히 살았다!
여한이 없다
이 말도 진실이다

'잘살았다'고
말할 수 있으면
참 좋겠지만…, 그건
내가 할 말이 아니고
다른 분의 몫이다

나의 생애 동안

나를 스쳐 간 모두에게
감사한다
내가 그 모두에게
좋은 사람이 될 수는 없었다
할 수 없었다

참 미안하다

●

3장

●

들꽃 시편

오늘은 흘러서

주님, 오늘은
조용히 흘러가게 하소서
흘러서 비껴가게 하소서

벽에 부딪혀 산산이 부서지는
파도 같이 말고
벽 사이로 흘러 흘러 그곳에 닿는
하루 되게 하소서!

오늘은 걸어서

주님, 오늘은
뛰지 말고 걷게 하소서

찬찬히 걸으면서
당신 발자국을 따라
하나, 하나
딛고 가게 하소서!

오늘은 멈춰 서서

주님, 오늘은
멈출 수 있게 하소서

멈춰 서서 꽃과 낙엽의 모습에
머리 숙이고
그 향기 깊이 들이마시고
감사를 내쉬는 하루 되게 하소서!

오늘은 옳은 방법으로

주님, 오늘은
저로 하여금
옳은 일을 하되
옳은 방법으로 하게 하시고
당신께서 원하시는 때에
할 수 있도록 도우소서

주님, 오늘

하루의 흐름을
당신 손에 맡깁니다

그 흐름에
저 자신을
맡기게 하소서!

주님, 오늘 밤

마주 앉게 하소서!
조용히 마주 앉아
가엾은 여인의
찢어지는 가슴소리에
귀 기울이고
차마 울지 못해 웃는
그 쓰디쓴 미소를
헤아릴 수 있게 하소서

주님, 저는

주님, 저는 비천한 사람보다
나을 게 없고
구걸하는 사람보다
넉넉할 게 없고
무식한 사람보다
지혜롭지 못합니다
저에게 자비를 내리소서!

주님, 저를 1

주님, 저를
어둡고 부패한 세상에선
빛과 소금 되게 하시고
지저분한 집안에선
비와 걸레 되게 하소서

주님, 저를 2

일을 완전하게 하기보다
즐겁게 일하는 종으로
써 주소서

일을 욕심내기보다
일을 사랑하며
즐길 줄 아는
지혜를 주소서

그 일을 왜 하는지
성찰하게 하소서

당신은 제가
어떤 일의 노예가 되지 않고
그 일로 행복해지는 삶을
살기를 원하십니다
그렇게 살게 하소서

질문기도

저는 묻습니다
주여
좁은 문을 향하여
그 험한 길을 걸을 때
신고 갈
지극히 편안한 신이 있겠습니까?

당신은 묻습니다
편안한 신 대신
쓰디쓴 당신의 잔을
받을 수 있겠냐고

이 시간 주님께

– 이인수의 〈나의 기도〉 곡에 맞춰 지은 가사

1.
이 시간 주님께 나옵니다
내 죄를 아시는 우리 주님께

나 죄 많은 인생을 용서하여 주시고
저 하늘 뜻 깨닫게 인도하여 주소서

불쌍한 우리를 받아 주시고
하늘의 자비를 내려 주소서

2.
이 시간 주님께 나옵니다
생명의 양식이 되신 주님께

저 고달픈 나그네의 쉼터가 되신 주
저 목마른 광야의 샘물이 되신 주

배고픈 우리를 먹여 주시고
하늘의 평화를 내려 주소서

흐르는 강물처럼

시간에 쫓기며 살지 말고
시간과 정답게 손잡고
동행하는 하루 되게 하소서!

시간과 다투지 않고
시간 따라 유유히 흘러가는 강물처럼
평화로운 하루 되게 하소서!

내 시간이 어디 있습니까?
시간은 나의 것이 아니고
당신의 것입니다

당신이 펼쳐주신
이 아름다운 '오늘'을
신뢰하며
여유 있게, 행복하게,
나의 걸음으로 걸어가는
하루 되게 하소서!

멍청한 하루도

은총은
성취 속에서만 있는 것이 아님을
멍청해 보면 알게 된다

실패와 곤욕과
멍청한 하루 속에도
은총은 언제나 깃들어 준다

멍청이를 더
사랑하고 동행하시는
하나님의 마음
그래서 나 언제나 괜찮아

하나님은 은총이시오
나는 멍청이
우리는 친한 동행자

오솔길

나의 길이 되신 주님
나도 작은 길 되게 하소서
누군가의 오솔길이 되어
당신의 길에 이르도록
도울 수 있게 하소서

오늘 만나는 사람들이
당신을 향해 걸어갈 때
내가 그들의 길을
막고 서서
전도할까 두렵습니다

몸의 예배*

하나님 오늘은
말없이 제물 없이 드리는
손과 발과 마음의 예배를 받으소서

두 발 모아, 두 손 모아
손이 마음 되어
우주를 쓰다듬으며
당신을 예배합니다

오늘은
말없이 제물 없이
제 자신을 드립니다
몸과 영혼 온전히 하나되어
당신께 바치오니
지금부터 영원히
당신 것 삼으소서!

* sacred dance

들꽃 시편

오, 맑고 드높은
하늘이시여
당신의 들꽃
한 송이
이 들판에 피었습니다

오늘도 아침 이슬에
단장하고
당신 앞에 서서
목마름 없는 하루
시작합니다

은총의 햇빛 아래서
지어 주신 모습대로
꽃 피우고
감사의 미소 머금고

온 들판에

저만의 독특한 향기를
날리게 하소서
밤이나 낮이나
저의 생명 다하도록

산상수훈
- zoom 예배

오늘은 거룩한 주일
산상에 올라가
도토리나무 밑에 앉아
설교를 듣는다

여기저기서 투둑, 투둑 하는 소리
도토리들이 나무에서 떨어진다

내 머리 위로
하나 떨어지려나?

말씀이 토닥토닥
나를 두드린다
"모든 것이 주님께로부터
왔사오니 내가 무엇을
거부하리오!"

빛도 어둠도

건강도 아픔도
화창한 날도
구름 낀 날도
한결같은 마음으로
받아들이게 하소서!

나의 시편

복되어라
많은 소리들 중에
하나님의 음성을 가려내고
많은 발자국 중에
예수의 발자국을 찾으며
많은 바람 속에 휩쓸려도
성령의 바람 붙잡는 그 사람
허공을 헤맬 염려 있으랴!

복되어라
귀가 열렸으되
이기적인 사람들이나
남을 억압하는 사람들의
말을 듣지 않고
그들과 손을 잡지 않고
그들과 함께 걷지 않는 사람
그 사람은 제 갈 길이 분명하니
그들이 파 놓은 구덩이에

빠질 염려 있으랴!

복되어라
시냇가에 심어진 나무처럼
옳은 자리에 서 있는 사람
악의 자손들이 괭이와 삽을 들고
뿌리를 모조리 잘라내도
새 뿌리는 여전히 뻗어나니
계절 따라 열매 맺고
그 열매
하나님의 식탁에 오르게 되리라!

용서의 샘

미움과 원망의 계절이 오면
내 마음 한복판에
용서의 샘을 파고
깨끗한 물 고이거든
용서의 잔 받아 마시고
미움과 원망을
말끔히 씻어내리!

천지를 지으시고
내 마음도 지으신 이여
내 마음에 주신
용서의 샘
마르지 않게 하소서

날마다 마시며
날마다 용서하리
그래도 용서 못할 사람 있다면
한 잔 더 마시리다!

빈 마음
– 연일 기도

제1일
주님, 제가 왔습니다
빈 마음으로
당신 앞에 섰으니
말씀하소서!
오늘의 만나 내려 주소서!

"너의 비운 마음 그대로 있어라
채우려고 애쓰지 마라!"
예, 주님, 그 말씀 새겨서
오늘을 살겠습니다

제2일
주님, 제가 여기 있습니다.
빈 마음 그대로 간직하고 왔습니다
비운 마음에
감사의 꽃 한 송이 피어 있습니다

"너는 빈 들에 핀 아름다운 꽃이다"
예, 주님 감사를 꽃으로 피우며 살겠습니다

제3일
주님, 제가 왔습니다.
빈 들에 꽃으로 서 있습니다
이 꽃이 열매를 바라는 욕심까지
내지 않게 하소서!

"내가 꽃인 너에게 향기를 주마!"
오, 주여 그 귀한 향기
잘 품고 살겠습니다

제4일
주님, 제가 왔습니다
주신 향기 품고 서 있습니다.
주님 제게 주신 향기로
사람들을 행복하게 하고 싶습니다

"향기는 향기로운 삶을 위한 것이니라!"
예, 주님 저의 향기 퍼져서 아름답고
살기 좋은 세상 만들어 가게 하소서!

그 광야로
— 사순절 기도명상

광야의 하나님

사랑하는 민족 이스라엘에게
광야 훈련 40년!
'기뻐하시는 아들' 예수에게
광야 시험 40일!

당신의 숨은 뜻은 무엇입니까?
광야에서 펼치시는
그 드라마 속의 큰 뜻을
우리가 알게 하소서

우리도
당신께서 택하신 자녀들
당신의 뜻이 오면
그 험난한 광야로
이끌어내소서

우리가
너무 편안한 삶 속에서
당신의 음성을 듣지 못할 때
'광야에서 외치는' 그 소리
다시 듣고 회개하는
그 광야로 이끌어내소서

우리가
배부르고 게으르게 살 때
금식과 기도로 훈련할 수 있는
그 광야로 이끌어내소서

우리가
배고프고 고달파도
빵으로만 살지 않고
하나님의 말씀이 양식되는
그 광야로 이끌어내소서

우리가
갈 길을 분간하지 못할 때
다른 길 없이
오직 한 길만 보이는
그 광야로 이끌어내소서

우리가
성령 충만하다고 자부하며
완전한 신자처럼 교만의 옷을 입고 살 때
시험받도록
그 광야로 이끌어내소서

우리가
정의를 외면하면서
주님의 잘난 제자로 자처할 때
높은 곳에서 떨어지도록
그 광야로 이끌어내소서

우리가
권력 앞에 기면서
양심을 내던질 때
그것이 뱀이 되어 대드는
그 광야로 이끌어내소서

우리가
출세와 영광의 길로만 달릴 때
십자가의 길로 가신
주님의 발자국이 보이는
그 광야로 이끌어내소서

우리가
주가 가신 좁은 길로 들어설 때
그 길이 승리의 길임을
저희 작은 발바닥과 좁은 가슴으로
뿌듯이 느끼며
걸어가게 하소서

이제 우리는
이스라엘의 광야 40년은
약속의 땅을 밟기 위한 여정이었고
예수님의 광야 40일은
구원으로 이른 길목이었음을
깨닫습니다

우리의 40년도
덧없이 헤맨 세월이 아니고
당신이 약속하신
이 민족의 새 땅을 향해
걸어 온 길임을 보게 하소서

쉬운 길
출세의 길 다 버리고
광야의 길을 택하신
예수의 길을
따르리다

안식일의 기도

야훼 하나님
오늘 하루 삶과 예배 속에서
당신과 이웃과의 만남 속에서
당신의 손과 발이 되어 사는 것을
조금 더 배우는 날 되게 하소서

날개는 없어도 천사처럼
어려움 속에 사는 사람들을
찾아다니게 하소서

아픔과 배고픔이 있는 곳으로
사람들이 갇혀 있는 곳으로
불구의 몸으로 구걸하는 거리로
슬퍼하는 이웃과 죽어가는 골짜기로
나의 몸과 영혼이 날아다니게 하소서

성령의 기운이 나의 에너지 되시고
성령의 충동이 나의 날개 되소서

오병이어로 해방을

주여 우리도
떡 다섯 쪽과 물고기 두 마리 정도는
가졌습니다

이 가진 것으로 우리가
하는 일은 무엇입니까?

우리가 필요한 것보다
터무니없이 적다는 생각
충분히 나누기는
불가능하다는 생각
늘 그런 생각 속에
살고 있습니다

가진 것을 제쳐놓고
더 많이 채울 것을 연구합니다
우리 가진 것 먼저 보게 하시고

감사하게 하시고
주저 없이 나눌 때 기적의 밑천으로
쓰일 것임을 알게 하소서

주여 당신 손에서
불가능이 가능했던 것을 보았습니다
그 떡과 그 생선 맛보았습니다
실컷 먹고 남은 것도
챙겨 두었습니다

우리 모두가
적게 가졌다는 생각으로부터
해방되는 기적을 이루소서

양심수

주님,
감옥에서 배고픔과
추위와 더위에
시달리고 있는 사람들을
돌보아주소서

그들에게
양식과 옷을 넣어주소서

그들에게
일용할 양식은 자유입니다

추울 때나 더울 때
그들에게 필요한 옷은
강제로 씌워진
누명을 벗고 입어야 할
본래 자기 옷입니다

크리스마스를 기다리며

어두운 세상에
큰 별로 오시는 이여
우리를 비추소서

사랑 잃고
슬퍼하는 이들에게
따스한 인정으로
오시는 예수여
우리를 찾으소서

한 여인의 고뇌와 진통 없이
오시지 않는 이여
나의 고통을 타고 오소서

나라 없어
몸까지 빼앗긴 여인들의
한 풀러 오소서

분단의 얼음덩이를 녹이고
평화의 강을
흐르게 하시는 이여

이제 우리 민족의
가슴 속으로 흐르소서

희망으로 씨 뿌린 농민들에게
비를 내리신 이여
눈물로 추수하는
그들을 위로하러 오소서

묶인 사람들에게
자유로 오시는 이여
갇힌 양심들을
풀어주게 오소서

짓눌린 사람들에게

해방으로 오소서

배고픈 이들에게
밥으로 오소서

헐벗은 이들에게
따뜻함으로 오소서

집 없는 이들에게
안식처로 오소서

당신이 아기로
샛별처럼 오실 때
우리 함께
찢겨진 가슴 꿰매고 수놓아
포대기 만들고
당신의 몸을 싸서 키우리다
아기가 메시아 될 때까지 돌보리다

향유를 부은 여인

주여 나의 눈물 받으소서
당신의 발 적실 때
나의 참회 받으소서
말없이 흐느낄 때
나의 침묵 들으소서
그것이 나의 언어일 때

내 옥합 깰 때
나의 침묵 깨지고
감추었던 상처들
드러냅니다

주여 나를 보소서
나의 죄, 나의 상처
당신께 드릴 것은

찢겨진 마음과 아픈 몸
불쌍한 여인의 상처를 싸매소서
치유의 손길로 온전한 사람 만드소서

주여 이제 나의 사랑 받으소서
당신의 발에 입 맞출 때
나의 정열, 나의 사랑
당신의 발치에 향유로 흐릅니다

당신의 자비로
나를 낭비케 하셨으니
이 낭비 거룩되게 하소서

이민자의 기도

주님,
저를 무엇에 쓰시려고
인생의 중년기에
이처럼 머나먼 땅
낯설고 말 설은 곳으로
불러내셨습니까?

이제부터
이 하찮은 딸을
붙잡아 주시고
지아비 하는 일
눈여겨보시며
우리 자손들
배고플 때 일용할 양식과
목마를 때 생명수로
무럭무럭 자라도록
키워주소서
당신 손에 부탁드립니다

저희가 낯선 땅에서
울며 씨 뿌릴지라도
웃으며 거두리라 하신
그 놀라우신 약속을
이루소서

나의 하나님
이날로부터
이 땅에 이민 온
우리 한민족의
딸들과 아들들의
하나님 되소서

–

1977년 미국 이민 길에 오르다.

하루를 위한 기도

하나님,
제게 필요한 오늘의 양식은
하늘의 지혜와
땅의 지식입니다

이 땅에서 일어나고 있는 일들에 대해
바른 지식을 가지고
바른 해석을 할 수 있게 도와주소서

하늘에서 이 땅을 보시는
당신의 뜻과 심정은 어떠신지
헤아릴 줄 아는 지혜를 주소서
당신의 뜻을 하늘에서 이룬 것같이
이 땅에서도 이루시기를 기도합니다

●

4장

●

이리로 오소서

감사기도 할 수 없었던 날
- 교우 장례를 치르고

조용한 꼭두새벽에
교통사고라니
서울의 원수가
우리 친구를 빼앗아 간 비통한 날

"주여 이게 무슨 일입니까?
한 집안에서 세 사람이
아무것도 모르는 어린 것들을 남겨 놓고
그렇게 처참하게 갈 수 있습니까?
하나님의 뜻은 어디에 있습니까?
이제 네 살 난 여정이와
애기 승민이를 어찌합니까?"

고생하며 내조하며 살아온
엄마 혜숙은
이제 살만하게 되었는데
약속의 땅이 보이는 지점에서
가족 곁을 떠나버렸습니다

가엾은 이철호 교우와
그의 가족들에게
하나님의 자비를 내리소서

병원 영안실
침울한 지하 방 한 칸에
구석마다 빈소를 차리고
서로 모르는 가족들이
각자의 슬픔을 안고
밤을 지새우는 곳
누추하고 소란한 영안실은
마지막 작별을 하는 우리를
언제나 더 슬프게 만든다

아직 새벽 4시 반
방 한쪽 구석의 다른 집 가족들은
코를 골며 자고
다른 쪽 방의 구석에선
화투치기에 여념이 없었다

그 복잡한 속에서
빨리 우리 식구를 찾으려는 것은
거의 본능적이었다
별로 볼 수 없는 일로
영정을 셋이나 모시고
저쪽 구석에서
야위고 꺼칠한 모습으로
문상객을 받는 한 젊은이가
이철호 교우였다

그 앞으로 다가갔으나
무슨 말을 하겠나
그의 힘없는 손을 잡고
나는 속으로만 말했다
"위로할 말이 없습니다"
"이 일을 어찌할까요?"

영안실의 소란함을 뚫고

영결예배를 드려야 하는
우리 교우들과 가족들 친지들
몇 안 되어 쓸쓸했다

맞은 쪽 구석에서 화투 치는 이들이
지르는 함성 소리는
몰인정하게
우리의 기도를 모조리
흩어버리곤 하였다
안타깝기 그지없었다

사랑하는 사람들을
이런 곳에서 이렇게 작별하다니…
죽어도 거쳐가고 싶지 않은 곳
한순간의 위로도 느낄 수 없는
그곳에서
상한 마음 슬픈 마음으로
머리 숙인 나
이날은 도저히 감사기도를

따라 할 수가 없었다

그렇게도 은혜롭던
사도 바울의 말씀이
귀에도 마음에도 들어오지 않았다

가엾은 이철호 집사의 동정만을
눈으로 쓰다듬듯 살폈다
하나님의 눈을 그에게서
떠나지 못하게라도 할 양으로
저만치 서 있는 그를
내 눈으로 시종 붙잡고
영결예배를 드렸다

떠나간 아내 혜숙의 사진을 다시 보며
성경책을 그녀 옆으로
가까이 더 가까이 밀어 놓는 그를 보면
하나님인들 자비를 아끼시랴!

그들 부부에게
삶의 의미를 주었던
말씀이 담긴 그 성스러운 책을
그녀와 자기 사이에
슬픔과 정성을 모아
잘 놓고 있는 모습이 너무나 애처로웠다

'그는 성경을 그녀가 일용할 영혼의 양식으로
무덤에 넣어 주려나?' 하는 생각을 하며
그 무언의 말씀에게
"살아서 말하소서!"
"이들을 위로하소서!"라고
나는 외쳤다

경건할 수 없는 분위기 속에서
소정의 예배를 마치고
국화 한 송이로
마지막 작별을 고하고 나니
운구 행렬이 앞장서 나갔다

뒤를 따르는 가족들 흐느끼고
아내가 잠든 관에서 멀리할 수 없는
이 집사처럼
나는 슬픔에 찬 그에게서 한 걸음도
더 멀리할 수 없었다

외로운 그의 등을 또 한 번 쓰다듬으니
돌아서서
"혜숙이를… 잘 묻어주고 오겠습니다" 하는 소리에 가
슴 찡하고 터질 듯 저려 오는데
영구차를 뒤로 하고 돌아섰다

아름다운 신앙인 이철호 집사와
그의 아기들 여정과 승민 그리고
슬픔과 충격 가운데 있는 유족들에게
하나님의 자비와 위로의 영이
늘 동행하시기를 빕니다
그리고
당신에게로 돌아간 딸 혜숙과

그 언니 혜경, 형부 상인의 영혼을
당신의 부활의 손에 맡기옵니다
아멘

인생은 어디로 가나?

- 교우 장례를 치르고

"아이고 아이고, 안 돼 안 돼
어디를 가? 못 간다 못 가!"

아들을 담은 관이 영구차 속으로
사정없이 들어가 버리는 순간
급하게 관 귀퉁이를 두들기며
울부짖는 어머니
"얘야 어디를 가니 어디를 가?
어디를 가냐구, 아이구 아이구
안 돼 안 돼, 가지 마 가지 마!"

눈 덮인 계곡을 헤매다
다시 못 올 길을 가버린 아들
그 뜨겁게 낳은 자식
그때 어미 가슴 가득히
기쁨 안겨 주었건만
오늘 이 꽁꽁 언 몸을
낳은 어미의 가슴에 다시 묻고
녹여야 하는 운명을 어찌 감당하리…

그가 죽음의 골짜기를 헤맬 때
주여 당신의 지팡이와 막대기는
어디 있었습니까?
주여 당신의 구원의 손길이 늦을 때
우리는 어찌해야 합니까?

독한 가스를 뿜어대고 서 있는
영구차 귀모퉁이를 손바닥으로 치며
몸부림치는 어머니
"가지 마, 가지 마. 어디를 가?!"
아, 정말 어디를 가고 있나 이 아들은
늙으신 어머니와 아내와 아들을
이렇게 팽개치듯 남기고
젊은이가 저렇게 서둘러 가야 할 데란
어디란 말인가?
"못 간다 못 가!!"

아, 가지 못하게 할 수 없는 우리
반항 한 번 못하고 사랑하는 사람을

이렇게 빼앗기는 우리는
죽음 앞에 이토록 무력한가

사람이 이때 할 수 있는 일이 무엇이랴?
속으로 함께 울부짖는 일
어머니의 맘과 몸짓과
찢기는 심정에 철저히 하나되어
뒤에 서 있는 일
그 어머니 손바닥이 아프도록
영구차를 때리도록 해주는 일밖에
무슨 일을 할 수 있으랴!

가족들과 교우들은 영구차에 올랐다
비통한 얼굴들로 앉아
어머니의 두들기는 매를
함께 맞으며

말 없이 장지로 서서히 떠났다
그의 언 몸 다 녹으면

부활절이 오리라는 소망을 가지고

죽은 이의 기도

나의 하나님, 나의 하나님
어찌하여 나를 버리십니까?
살려 달라 울부짖는 소리
들리지도 않사옵니까?
온종일 불러 봐도 대답 하나 없으시고
밤새도록 외쳐도 모른 체하십니까?(시편 22)

불길 속에 질식하며 애원해도
물살 속에 휩쓸려 아우성쳐도
이 몸 구해줄 사람 하나 없나이다

이 가엾은 신세
목이 타고 가슴 터져도
아무도 나를 보지 못하나이다

주여 나를 살려주소서
내 목숨 건져 주소서
나의 자녀 나의 가족 불쌍히 보시고
이 비천한 몸 구해주소서

능력의 팔 속히 뻗치시어
인간이 저지른 실수와 비극이
나를 영원히 삼키지 않게 하소서

당신만이 나의 구원
영원한 피난처
악의 손이 닿지 않는 곳에
나를 두소서

사랑하는 나의 가족, 나의 친구
멀리하지 마시고
당신에게서 돌아서지 않게 하소서
자비의 얼굴을 보이소서

고통 후에 안식을 주시며
하늘의 평안을 누리게 하소서

화장터에서

친구여, 사랑하는 친구여
왜 이다지도 서둘러 가야 하나요
왜 이렇게 아프게 우리를 떠나야 하나요

날마다 자기를 불살라 온 생애여
고난 속에 거듭난 여인이여
사랑으로 태워 온 생명이여
이렇게 가선 안돼요
벌써 가선 안돼요

주어도 주어도 못다 준 생애여
이제 남은 것을 다 태우는
그대 앞에 머리를 숙입니다

아름다운 향내를
평화의 미소를
우리에게 남겨주오

그대의 사랑과 지혜와 용기를
우리에게 심어주고 가오

그대 진정한 밀알이여
그대 가신 자리
많은 열매 맺으리라
그대 불태운 사랑
영원한 생명 얻으리라

기억하오, 친구여
그대 한 줌 재 아닌
우리들 생명의 거름이라오

창조주시여
흙에서 왔다가
흙으로 돌아가는 인생
당신 손에 다시 위탁하오니 받으소서
이제는 영원한 생명 지으소서

이리로 오소서

우리와 함께하소서
임마누엘 예수여

우리를 아프게 하소서
당신이 아픔 속에 계시다면

우리를 배고프게 하소서
당신이 굶주림 속에 계시다면

우리를 무능하게 하소서
당신의 능력이 거기 계시다면

우리를 모자라게 하소서
모자람 속에 당신의 자리가 생긴다면

우리를 만나러 오소서
임마누엘 예수여!

우리가 예기치 않은 곳에도
오소서

임마누엘 예수여
우리를 부르소서
당신이 계신 곳으로

당신의 몸 부서진 곳에
우리 몸 있게 하시고
당신의 피 흘리신 곳에
우리 새 사람으로 서게 하소서

임마누엘 예수여
당신의 부서진 몸과
쏟으신 피는
영원히 '우리와 함께'
살게 되었습니다

기도의 떡잎을 보시고

내 기도의 떡잎을 보시면
그 나무를 아시는 하나님
세상에 존재하지도 않는 것을
내가 구할 때
(얼마나 여러 번 그랬던가!)
그것을 만들어서까지 주시는
그런 하나님

사람들이 나에게
세상에 없는 것을 찾고 있다며
웃고 비난하며 고집 세다고 할 때
나의 기도를 들으시는 하나님은
없는 것을 있게 하시는데
내 어찌 기도를 멈출 수 있었으랴,
나는 나의 하나님을 알았고
하나님은 나를 아셨으니
어린아이처럼 끙끙거리는
나의 불완전한 언어를 알아채시고

내 마음 깊은 곳을 들여다보셨으니
내가 답답할 일이 세상에 무엇이랴!

내가 예수의 이름을
아직 듣기 전에는
주의 이름을 부르지 못했으나
이름 모를 '그분'을 찾으며
만날 날을 기다리고 있었다

그분이 내 가까이 와 계실 때
사마리아 여인처럼 한참 동안이나
그분을 몰라보고 있을 때
"내가 그다" 하신 주님은
나 같은 죄인을
생명이 싹틀 때부터
물 주고 가꾸신 분임을
성령께서 깨우쳐 주셨다

나의 어메이징 그레이스

나 같은 죄인 돌보신
주 은혜 놀라워
갈 길을 찾았고
직업도 얻었네

큰 어둠에서 건지신
주 은혜 고마워
이민 갔던 그 시절
귀하고 귀하다

나 이만큼 된 것도
주님의 은혜라
또다시 나를 조국에
인도해주셨네

나 이제 어디 가나
주님의 은혜로
생긴 대로 밝게 살면서

주 찬양하리라

후회하는 이의 하나님

후회하는 이들을
만회시켜주시고
잃은 것들을
되찾아 주시고
못 들어가는 이들을 위해
문을 열어주시는
그 하나님을 나는
철석같이 믿는다

일용할 양식마저
끊긴다 해도
나는 그분을 믿을 것이다
'좋은 것'과 '안 좋은 것'을
합해서 유익하게 하시는
그 놀라운 은혜를
내가 또
경험하리라는 예감에
가슴 떨린다

목회의 허니문을 향하여

내 나이 마흔넷 되던 해
결혼한 지 20년
미국 이민 5년 만에
기나긴 터널의 여정을 마치고
자유의 신선한 공기를 마시며
약속된 새 빛 아래 서게 되었다

아, 얼마나 오랜 세월
무거운 짐을 벗지 못했던가
이날에 이르기까지
동행해주신 나의 하나님
내가 홀로 비틀거릴 때
나를 붙잡고
씨름의 상대가 되어주셨고
또 나를 쳐서
목사의 길목으로 인도하시어
내내 동행해 주셨다

내가
삶의 캄캄한 계곡을 헤매고 있을 때
내 동족이 나를 여자라고
거들떠보지 않았을 때
주께서
나를 보시고
은총으로 내게 머무셨다

내가
울어보지 못한 아기를 안고
통곡하고 있을 때
보름달을 쳐다보며
어머니의 한과 낭만이 내 가슴으로
파고들 때

걸레를 쥐고
먼 산 보며 기도하고 있을 때
주께서

나를 보시고
자비로 내게 머무셨다

주께서
나의 처지를 아시고
옳은 길로
맞는 길로
나를 인도하셨으니
내가 무엇을 후회하리오

주의 인자하심과 자상하심이
이토록 나를 보살피시는데
내가 무엇을 더 바라리오
다만
내 영혼이 주를 의지하며
주신 길을 가리라

이제는 멈춰 서서

아, 이제는 멈춰 서서
아침이슬 머금은 꽃잎들이
세수하는 모습도 볼 수 있겠구나

이제는 멈춰 서서
꽃들이 저마다 피워내는 향기를
나도 받아 마실 수 있겠구나

이제는 멈춰 서서
저녁노을에 감싸여
지는 해와 춤을 출 수 있겠구나

이제는 멈춰 서서
밤하늘의 별과 달을
꿈꾸듯이 바라볼 수 있겠구나

이제는 멈춰 서서
오래전 잃어버린 시상을

떠올릴 수도 있겠구나

아, 이제는 멈춰 서서
아기의 눈망울 속에
샘처럼 고여 있는 희망을
만나볼 수 있겠구나

이제는 멈춰 서서
엄마들의 가슴이 왜 아픈지
헤아려볼 수 있겠구나

이제는 멈춰 서서
다시 오지 못할 곳으로 떠나는
사랑하는 친구의
마지막 짐을
함께 들고
배웅할 수 있겠구나

설교자가 될 줄은

삶과 신앙이 하나로 얽힌
직업을 주십사고
기도했는데

금보다 귀한 말을 하며
살게 해주십사고
기도했을 뿐인데…

하나님께서 나를
'설교자' 되게 하셨으니
그 응답 오묘하여라!
기도는 무섭게 이루어진다

징소리 명상 1

징이 울린다
축복된 안식일의 아침을 알린다
징~~~ 지징~~~ 지잉~~~
삶에 지친 영혼들의 상태만큼이나
다양한 소리로
그들을 불러 모은다

가난한 심령
부유한 심령
모두 부른다

오늘 가난하고 굶주린 사람
슬퍼서 우는 사람
온유한 사람
어린아이 같은 사람
못났다고 생각하는 사람

쓸모없다고 여기는 사람
옳은 일에 주리고 목마른 사람
자비를 베푸는 사람
마음이 깨끗한 사람
위선적으로 살지 않는 사람
평화를 위하여 일하는 사람
옳은 일을 하다가
오해받고 박해받는 사람
예수처럼 살다가 욕먹고
누명 쓰는 사람
이런 사람들을
행복의 자리로 부른다

보라
깨진 마음, 아픈 마음, 답답한 마음들
억울한 마음, 외로운 마음, 방황하는 마음들이
서로서로 어깨를 잇대고
십자가를 보며 모여 앉는다

거룩한 예배를 받으실
그 한 분과 함께 만들어 갈
은총의 시간 때문에
마음 설레면서

사랑의 징소리
생명의 징소리
평화의 징소리
기다린다

첫 번째 징이 울린다
징~~~
하나님
날 부르시는 소리
익숙한 그 음성
징소리 속에 담겨
소박한 예배실을 채운다

내 온몸이 귀가 되어
그 부르시는 소리에 빨려든다
"수고하고 무거운 짐 진 사람들아
다 내게로 오라
내가 너희를 편히
쉬게 하리라"

두 번째 징이 울린다
지잉~~~
이는 몸살 앓는
내 영혼의 소리
"제가 여기 있나이다"
부끄러움 많아도
당신 앞에 또 나아갑니다

무릎 모아 머리 숙인 나
인자하신 위로의 성령을 기다립니다
이렇게…

하지만 저의 무거운 보따리는
다름 아닌 죄의 보따리
주님 앞에 풀어 놓고
자유인으로 살기 원합니다

주여
죄의 고백 들으소서
용서를 빕니다 이 죄인
할일을 못 한 죄
안 할일을 한 죄를
깨닫게 하소서
나로 인해 상처 입은 사람들
제가 불러 아뢸 때
치유의 손길 뻗치소서
우리 찬미 받으소서
이 시간 하늘의 양식으로
배고픈 우리 먹이시고
하늘 뜻 이루소서

세 번째 징이 울린다
지잉~~~
질그릇 같은 우리 인간관계
바싹 깨어질 때
당신과의 관계
한 번 더 질끈 동여매고
다시 시작할 큰마음 갖게 하소서

아름다운 내 몫의 화해가
당신 제단에
향불처럼 피어날 때
당신의 기쁨
진정 거기 있고
그 향내
우리가 한껏 들이마실
숨이옵니다

예배를 마치는 마지막 징이 울린다
덩~~~

우리 예배를 기쁘게 받아 주시고
우리 모두를 다시 한번 품어주시는
하나님 어머니의 '품'의 고동 소리 들린다
아! 행복하여라!!
그분의 아들딸들

징소리 명상 2

첫 번째 징소리가 울린다
징~~~~~~
"아차, 늦었다!"

두 번째 징소리가 들린다
징~~~~~~~~~
"지금도 늦지 않았단다!"

세 번째 징소리를 듣는다
징~~~~~~~~~~~~
"늦었다는 생각만 버리면 안 늦단다"

"예~~~, 감사합니다!"

징소리 명상 3

첫 번째 징소리가 울린다
징~~~~~~
"제가 멈춥니다"

두 번째 징소리가 울린다
징~~~~~~~~~~
"어서 오너라"

세 번째 징소리를 듣는다
징~~~~~~~~~~~~~~
"나와 함께 가자!"

"주님과 동행하니 감사합니다!"

'날 따라오라'고 하지 않으시고
동행하자고 하시니…'

징소리 명상 4

징~~~~~~
"너는 지금 과거를 돌아보며 서 있구나!"

징~~~~~~~~~
"너의 과거에 나도 보이느냐?"
"너와 내가 어떻게 함께 걸어왔는지…"

징~~~~~~~~~~~~
"이전에도 지금도 이후에도
나는 너의 이야기 속에
함께 걸어갈 것이다"

징소리 명상 5

징~~~~~~
새로움이란 무엇이겠느냐?

징~~~~~~~~~
땅만 보고 살던 사람이 하늘을 쳐다보는 것,
오른쪽 길로만 걷던 사람이
왼쪽 길로 가 보는 것이
새로운 것 아니겠느냐?

예, 이제부터 엉뚱한데 눈 팔리지 않고
하늘의 마음 헤아리며 두려움 없이
새로운 길을 걸어 보겠습니다
감사합니다

후기

끝내는 것이 완벽한 것보다 낫다

"Done is better than perfect."
누군가의 이 말이 내 등을 떠밀면서 나의 완벽주의를
설득하였기에 이 시점에 부족하나마 시집을 낼 수 있게
되었다.

눈과 손을 떼지 않고 시를 정리하며 시종일관 도와준
장명숙 권사님이 아니었다면 나의 씨름은 아직도 끝나
지 않았을 것이다. 진심으로 감사드린다. 컴퓨터 문제로
속 터질 때마다 밤이고 새벽이고 원격지원과 온갖 방법
으로 도와주신 박상범 집사님에게 미안하고 감사하다.

나의 졸시들을 환대하며 함께 항해를 무사히 마친 에체
(파람북)의 정해종 대표님께 기쁨으로 감사드린다. 그는
시인의 감각으로 쉼표와 마침표들에게 제자리를 찾아
주어 시의 매무새를 잡아주었다.

여러 친지, 교우, 가족에게 감사한다. 그들의 한결같은
사랑과 후원이 여러 해 동안 차곡차곡 쌓여서 이 시집

이 되었음을 이제 알리고 싶다. 그들이 준 용돈, 생일선물 봉투, 출판을 위한 후원금, 내가 진 빚의 선물, 때로는 택시 안으로 던져 준 타고도 남을 택시 값, 커피 마시라고 주머니에 꽂아 준 잔돈, 큰돈들이 다 모여서 나의 작은 꿈을 이룰 수 있었다. 그 사랑의 꽃들이 여기 시로 피어나게 되었다. 우리 함께 '사랑의 정원'을 만들었지요!

꽃 피는 계절에
김영